REINA
MÁS ALLÁ DEL
SEPULCRO

ALY VALDÉZ

editoriales once

REINA MÁS ALLÁ DEL SEPULCRO

Primera edición, 2015
©de la obra:
Autora: **Aly Valdéz**
Publicado por **Editoriales Once**
Miami, Florida

©Diseño de portada: ENZOft Ernesto Valdes
©Maquetación: ENZOft Ernesto Valdes

ISBN-13: 978-0692251492
ISBN-10: 0692251499

Impreso en Estados Unidos de América.

AGRADECIMIENTOS

A mi familia, quienes han respetado mi inmersión en
horas de letras, alejada de sus tiempos.

A los que de forma directa o indirecta me han colaborado
en éste oficio maravilloso de hacer libros… Y a los lectores,
porque sin ustedes, mi trabajo no sería posible.

Aly Valdéz

Hoy navego a contraluz por las cuencas del río Miño... ¡Dios, he olvidado la piedra que he de ponerme en la boca!... Pero es tan solo una leyenda, ¿a quién le importa si hablo?... Además, las hechiceras están dormidas...

Está fresca la noche, la noche sí que está fresca. Lo sienten el porrón moñudo, el chorlito y el avefría, que están guarneciéndose en los alisos y fresnos, robles y argañas. Me gusta esta noche en calma. Necesito que mi alma vuele. Me he sentido prisionero de mis angustias y miedos. Hoy quiero escuchar las arpas que armonizan el cielo. Aunque he de reconocer que este silencio me agobia... ¿Y si grito?... No sé, quizá alguien responda. Algún animal que quiera compartir mi presente, al menos por unas horas.

—¡Hola! —grita Juan a voz en cuello.

Espera la respuesta añorada, mas solo caen sobre el cauce unas pocas hojas naranjas. Se siente abrumado esta noche. La mujer que más amara le ha negado sus caricias justo en el momento en que más las necesitaba. Le dijo un viejo amigo que sabe de su tristeza que mejor la olvidara. Él ya la había visto la noche de San Fermín en el jardín de al lado besando a un joven apuesto. Entonces, Juan, acongojado, tomó su barca y fue al río, donde ahora navega para llorar sin testigos. Necesita hablar con alguien en este preciso momento... ¿Si fuera un ánima enamorada? Sería perfecto. Ella sabría de su suplicio y quizá hasta se animara a llevarlo a recorrer los tiempos en que fue amada.

Juan llora sin consuelo, sus lágrimas bañan su rostro. Está tan ensimismado dentro de su sufrimiento que no observa que el río se abre y sale de su oquedad un ángel. El ángel está volando sobre Juan y su barca, convirtiendo la noche en día y llenando de colores y fragancias el crepúsculo —ahuyentando las sombras más allá de la niebla, donde el mundo termina según cuentan los romanos—. El ángel dorado carga a Juan, que, espantado, mira desde lo alto el Miño empequeñecerse. El aire le besa el rostro, mientras el ángel le canta. Riveras y verdes prados se confunden ahora con la nieve. Ve el Miño, el Duero, el Mondego... No entiende lo que sucede hasta que escucha el sonar de sus arpas doradas. El ángel lo ha escuchado y ha venido en su consuelo. Descansa ahora Juan en sus brazos esperando ver la historia que, en el Miño, ha suplicado de un ánima enamorada.

Cruzan guerras antiguas y castillos de noble casta para detenerse en un siglo plagado de peste y hambruna... «¡Es el siglo XIV!», piensa. Según recuerda, el más nefasto de la historia. Un siglo marcado por guerras que asolaron toda Europa. Observa los campos muertos a través del prisma del tiempo. Recuerda entonces los libros que, de niño, leyera, en los que narraban la llamada Pequeña Edad de Hielo, que, al acabar con las cosechas, causó hambrunas y miserias.

Se detiene el ángel en Limia, ¡es Limia!, no cabe duda. Hace frío y siente miedo, pero suena una campana y su tañido le calma. Mira abajo y ve un castillo y una huerta, que le recuerdan a Coímbra. En el castillo, todos corren, hay una gran algarabía. El ángel le muestra un ventanal cubierto por aterciopeladas cortinas. Se detiene Juan y mira más allá de los cristales. Entiende ahora el alboroto. En esa habitación, en el lecho, hay una mujer que ha parido una niña. «Es frágil, pero hermosa», observa anonadado Juan, cuando una monja la alza en espera de su llanto. Llora la niña y bailan las friolentas paredes, que cobran vida y danzan. Los caballeros, en la habitación contigua, descorchan el vino y gritan el nombre de la nueva infante. Inés de Castro la nombran. Hija bastarda de Pedro Fernández de Castro, apodado el de la Guerra —primer señor jurisdiccional de Monforte de Lemos y nieto del rey Sancho IV el Bravo— y de Aldonza Suárez de Valladares.

Pasa el tiempo en un segundo, la niña ya corre y salta. Su alegría ilumina el castillo, que ha estado entristecido por sombras de guerra y muerte. Los escudos que, inertes, yacen en las mugrientas paredes ahora tiemblan a su paso, alejando los temores de la peste en sus variantes.

Un temor de ultratumba recorre el cuerpo de Juan y domina sus sentidos, lo que provoca que la angustia se refleje en su rostro. Se estremece ante un spectrum. Es la muerte, que avanza por pasadizos secretos en busca de Aldonza Suárez de Valladares. Grita Juan, pero nadie lo escucha. El ángel lo mira y calla cuando la muerte segura se lleva a Aldonza a su morada y deja a una hija huérfana y a un don Pedro devastado ante la inexplicable muerte de su amante y compañera. Ya no quiere saber de nada y solo la guerra lo aclama.

Toma a la pequeña Inés, que, con solo verla, le recuerda a su madre, con su rostro angelical adornado por rizos dorados, y se la entrega a un pariente cercano: don Juan Manuel, duque de Villena, que se nombrara a sí mismo, pues este título por ningún rey le fue dado. Hombre rico y poderoso de su Castilla adorada y dueño de un vasto ejército compuesto por más de mil caballeros. Don Juan Manuel se casó con Constanza, hija del rey Jaime II de Aragón, joven hermosa y noble, que una hija le obsequió: Constanza Manuel de Villena y Barcelona.

Constanza, mira Juan, es mucho menos agraciada que Inés. Rica por heredad y destinada como eslabón fuerte a un mundo de ambiciones e intrigas, que hacen de Dios un ser ausente, en medio de castillos y monasterios, que solo se rigen por la guerra y el poder. Donde el amor cabalga en solitario por temor al llanto que la gloria y el reinado reclaman.

Mira Juan los tapices, el oro. La austera decoración real le sorprende. Corre el siglo delante de su mirada, tan nítido e impecable, con esta historia que no entiende, aunque pareciera única en contexto. Es como si bajara y subiera el telón en el teatro, mientras la emoción le roba algún aplauso. Ve a la infanta rodeada de doncellas, mientras caballeros en torneo de lanzas se disputan su amor. Apenas tiene nueve años, pero ya quieren casar a la triste Constanza con el rey castellano Alfonso XI para, así, cumplir con las ambiciones de su padre.

Sonrisa le fue prestada a Constanza como dote, mas hoy sus ojos derraman las lágrimas como azote. Quiere la niña jugar igual que lo hace Inés en los naranjos en flor. Quiere sentir en su cabeza el romero, el clavel y la verbena como corona de flores, no importa que sean de Portugal, no quiere violetas de España. Mira los campos con pena. Vestidos de blanco y campanas, esperando muy alegres las galas de su boda. Mientras ella, novia obligada, solo añora ver el mar. Pero está en Castilla, en palacio, entregada a sus temores, mientras su padre, orgulloso, espera colmar su gloria con el honor de su compromiso.

Se levanta Constanza y corre, pareciera estar poseída. Alcanza a don Juan Manuel y lo enfrenta, decidida, con palabras sabias.

—Perdonadme, mi señor, por Castilla, le suplico que suspenda esta boda absurda. No quiero que se sienta agraviado, pero prefiero esperar. El sol sé que está escuchándome, él lo bendecirá si usted me concede la gracia de unos años en libertad.

—¿A qué te refieres, Constanza? Eres doncella de alta casta y, para enriquecerme, has nacido. Cumplirás con tu cometido cuando el rey Alfonso te despose. ¿Cómo crees que he de perder por tu terquedad tal riqueza, dejar de extender mis viñedos y no ganar en caballeros que fortalezcan mis ejércitos?

—Padre, recibe a bien estas palabras que os digo. Hoy te miro de frente como infanta nacida para hacer crecer tu riqueza. No me quejo de mi vida, ni de mi destino tampoco, solo te pido esperar un poco.

Preparadme en conocimiento como amante y compañera de aquel que me despose.

—¿Qué dices, Constanza? No entiendo. Ahora, pones dudas en mi cabeza. Yo te he recibido con orgullo como hija, pero has de ser consciente de que ahora te toca a ti hacer tu parte.

—Sé bien para qué he nacido. Solo le pido paciencia para que un joven con mejores dotes sea el que me despose para que crezca su imperio.

—Alfonso es rico y poderoso, ¿por qué no he de aceptarlo? Dame una buena razón que me deje convencido y, así, poder acceder a tu pedido.

—Conozco de otros príncipes con mayores riquezas que Alfonso, pero no son de aquí, de Castilla, provienen de Portugal. Para usted, sería conveniente atravesar las fronteras, expandiendo su poderío y alcanzando la paz que siempre hemos querido entre Portugal y Castilla.

Ha quedado pensativo don Juan Manuel ante el sabio argumento que Constanza le ha presentado. Da la vuelta y se marcha a sus aposentos reales, dejando a la infanta temblorosa y sin respuesta. Ahora, solo, don Juan Manuel medita muy silencioso: «Tiene razón Constanza... ¿Por qué no ganar Portugal?... Sin guerras y por las buenas, con mi hija de trofeo».

Las quinas de azul y plata de Portugal lo reclaman. Convencido ha quedado de que ha de izar las dos banderas en las riberas del Mondego. Da la orden, corre la voz, y los vasallos, sorprendidos, obedecen y retiran las banderas blancas. Es extraña la decisión, pero, por miedo, guardan silencio.

Vio Juan correr los días después de que don Juan Manuel recuperara a su hija en medio de tenebrosas sombras, en las que la guerra y la muerte fueron paisaje inminente. Castillos y monasterios plagados de hipocresía y traiciones. Los caminos convertidos en tumbas sonoras donde se luchaba por un honor inexistente y la única ley era la del más fuerte.

Constanza e Inés crecían en aparente calma inocente. Primas por parentesco. Creciendo Constanza como gran dama e Inés como dama parente. Beneficiose Inés de la cortesía de sus benefactores al recibir educación y modales de una gran señora de Castilla. Constanza, insegura y huraña; Inés, hermosa y decidida. Una, destinada a reina; la otra, a servirle de compañía.

Lejos del mundo, en el castillo de Toro, donde Constanza quedara recluida al cuidado de su aya, pasaban los días sin muchas novedades, mientras los grandes señores luchaban por más territorios en incansables cruzadas al sentirse superiores. Los años transcurrieron raudos, Juan vio cómo cambiaban las estaciones y llegaba con el último invierno el momento de que Constanza cumpliera con su cometido.

En Coímbra, había nacido un joven apuesto y guerrero. Heredero a la Corona —hijo del rey Alfonso y conocido por todos como Pedro I de Portugal—, quien cabalgar solía por los campos de olivo de su amada Coímbra. En una tarde de cabalgata, conoció a una joven hermosa, Blanca de Castilla, hija del infante

Pedro de Castilla, prima del rey Alfonso XI, nieta de Sancho IV y de María de Molina. Apenas tenía catorce años y ya irradiaba belleza, cautivando al mancebo que, a sus pies, cayó rendido. Sin saber el infante que Blanca muy enferma estaba y tenía que renunciar a ser desposada, convirtiéndose en abadesa del monasterio de las Huelgas de Burgos.

Abrumado y angustiado, continuó Pedro su camino, enfrascado en batallas que le dieron honor y fama. Don Juan Manuel escuchó de las proezas del valeroso guerrero e invitole entonces a Castilla a conocer a su retoño. Pedro aceptó indiferente, pero, al conocer a Constanza, quedó de ella prendado. La infanta sintió lo mismo y no rehusó esta vez ser desposada. La espera valió la pena, se sentía enamorada. Terminaría la guerra entre Castilla y Portugal; ella, la reina de la paz, por amor, los uniría. Las colinas de Coímbra, el Mondego y sus cantares, con gran regocijo, recibirían a la gallega de casta noble.

Se vistieron las riberas de blanco tapiz y los castillos de oro brillaban con el sol. Romero, clavel y verbena danzaban en los jardines esperando adornar la corona de la infanta. Los naranjos florecían aromatizando caminos. Las campanas repicaban en honor a la novia, bendiciendo el nacimiento de aquella infanta española.

Partió Constanza de Castilla portando ilusiones doradas. Cruzó el mar y sus secretos, cumpliendo su sueño más noble, y pidió a Inés compañía y que viniera con ella a palacio. Ella cumpliría como esposa e Inés, como confidente y amiga. Entre risas y sueños, llegaron a Portugal. Pronto, las dos banderas se izarían en la ribera con el alborozo de damas e hidalgos que, con ramos de laurel, a Constanza daban la bienvenida.

Entre celebraciones y aplausos, llega Constanza a palacio. Un Pedro enamorado, con anhelos, la recibió. No era hermosa, mas cumplía con todo lo que él siempre soñó. Gran fiesta se celebró, con banquete sin igual, para rendir honores a la que un día sería la reina de Portugal. Los manzanos altaneros, por las ventanas, miraban, cubriendo con su fragancia la hermosa noche estrellada. Entre bailes y canciones, las horas se deslizaban, mas, al dar las doce y el reloj anunciar su llegada, una joven apuesta, de belleza sin igual, distraída, pero segura, al salón arribó, transformando la velada y lo que sería la historia de Portugal.

Dos miradas se cruzaron en el alborotado salón y no fueron precisamente las de Pedro y su prometida. Fueron las de Inés y Pedro, quienes, por primera vez, se veían. Cupido, con sus maniobras, no dudó en flecharlos, quedando uno del otro prendado al instante sin haber intercambiado vocablo. ¿Cómo hablar con la mirada? Ellos muy bien lo lograron. Inés sintió espanto, pues su prima amaba a aquel hombre en proporción y ella no podía siquiera mirarlo. Inés le agradecía sus atenciones y desvelos cuando huérfana ella quedó. Constanza, con la venia de su padre, abrigo desmedido le ofreció. Gracias a ellos, hoy gozaba de privilegios de gran dama. Presta y sin sentido, presa de aquel sentimiento para ella desconocido, buscó refugio en su aposento de reina. Por tres días, evadió la presencia de aquel infante que su corazón había cautivado.

Preocupada se encontraba Constanza, pues no entendía aquella actitud de Inés, que, angustiada y ojerosa, permanecía entre cojines sin dejar que el sol iluminase su recinto. Era la única táctica por ella conocida para negarse al amor. Tres días y sus noches transcurrieron y, el domingo por la mañana, Inés sintió necesidad de que el sol acariciara su rostro. Caminó al jardín trasero esperando no ser apercibida, pero Pedro, que, con ansias de un encuentro, había estado esperándola muy presto, siguió sus pasos.

Inés escogió de las bancas la más fría y solitaria y, mientras un rayo de sol imprudente sus mejillas pintaba, una lágrima en sus ojos afloraba. Compungido tenía el corazón, amar siempre había soñado, mas el amor como agravio en forma prohibida le había llegado. Llorando estaba su pena cuando Pedro, en forma de versos, le habló, avivando su corazón, que, dentro de su pecho, moría:

—No culpe, señora mía, al destino, pues me siento pequeño ante usted. He luchado muchas guerras, poniendo muy en alto mi nombre. Coímbra ha sido testigo de mi valor y honradez. Mas hoy me siento indefenso de este amor que me cautiva, que, por nombre, lleva el suyo y no el de mi prometida. Como hombre y mancebo, siempre debí suponer que, alguna vez, quedaría prisionero de alguna treta que la vida y los caminos como burla me pusieran. Constantemente, creí que, el día que esto se diera, sin venganza y con valor, yo podría vencerlas. Mas me veo en el filo de un inseguro acertijo, que me quita la razón, al advertir en este instante que soy potro sin freno que corre sin recato por mesones y palmares solo por estar a su lado.

Inés quería escapar de Pedro y lo que sentía, pero este cayó a sus pies, impidiéndole el paso, por lo que solo atinó a decir:

—Cuidado, don Pedro, no sea esta la mengua de su poder. Tenga miedo a la mujer que traicionada se vea. Puede más que mil caballeros cuando su venganza arremete. Agradezco el honor de sus palabras afables, pero no ha de olvidar que solo soy dama de compañía y que a quien usted ha de elogiar es a Constanza, su prometida.

Pedro tomó las manos de la asustada mujer, apretándolas con fuerza y buscando su mirada, pues necesitaba saber si le correspondía en amores. Observola por un segundo y, aunque Inés intentó evadir la mirada, este logró comprender que ella también lo amaba.

—Luengos días, he esperado por este instante supremo. Usted ha de ser mi fidalga, ya lo tengo decidido. Dormir no puedo de noche desde que la he conocido. Fable conmigo ahora, alce los ojos del suelo, no es ofensa ni infamia el amarnos sin arterias heladas.

—¡Qué pretende! —gritó Inés, soltándose de sus manos—. La esperanza entre nosotros está muerta y sepultada. ¿Cómo os atrevéis a hablarme de amores? Es infame, el cielo lo sabe, va contra toda razón. Dios jamás nos perdonaría.

Temerosa, corrió Inés y buscó refugio en su alcoba. Constanza, que la vio entrar, preocupada, la alcanzó. Preguntole entonces a Inés qué estaba aconteciéndole y esta, entre sollozos, le dijo:

—Perdonadme, mi señora, si me niego a contestarle. Siempre es lo mismo. No se angustie cuando se trata de mí, pues soy mujer ignorante. Pronto, este dolor pasará, extraño Valladolid con sus cantos y flores. Hoy tan solo importa su boda con sus colores. Entréguese usted a su pasión. La corte y Coímbra la llaman.

Constanza, como mujer, intuía que Inés algo le ocultaba. Lo que decía no era cierto. No podía pasar desapercibida semejante situación, que sentía que a Pedro involucraba. En cambio, no pronunció palabras. Sabía lo que pasaba. «Ojalá fuera un capricho…», pensó. Pero estaba muy equivocada, pues era pasión y amor, aunque de algo todos estaban convencidos: un príncipe no tiene derecho a amar. Su lealtad es a la Corona. Pronto, Constanza entendería que se le avecinaba un gran desafío.

Los días se sucedían con gran alborozo esperando la boda. De colores, todos vestían y, con ansias, el día esperaban. Mientras don Pedro lloraba a solas por aquella que, en secreto, amaba, Inés, cabizbaja, andaba cumpliendo con voluntades ajenas a sus añoranzas. En su ir y venir callado, servía a aquella que, un día, como a una hermana, había mirado. Hoy la sentía su rival, mas le estaba agradecida, por eso de perlas su traje blanco cubría

Inés, entre vacío y silencio, pasaba los días tratando de pasar largas horas ayudando en el convento. Observando, distantes, las colinas de olivos y buscando rendijas entre mañanas y despertares. Sintiéndose frágil ante su existencia, sus ojos, durante las noches, derramaban lágrimas a raudales; llanto de fuego en el alma, era canto de su sentir. Cortesana que, dolida, iba perdiendo la fe con el pasar de los días.

Llegaba mayo y sus aguas. Se escuchaban trinar las aves y el Mondego se reía con el cantar de sus flores. El cielo cobijaba la tierra en su hermosura y Constanza, enamorada, al altar cada vez más se acercaba. Mientras, Inés, esclava de amor, ocultaba su deidad a los pastores de Manzanares.

Sonaron las campanas... Hidalgos y damas levantaron banderas blancas elevando cánticos nuevos que anunciaban el enlace de su nueva señora con su soberano. Constanza le hizo honor a su posición de gran dama y, dentro de su vestidura, como reina del sol, caminaba. Señora nació y ahora lo demostraba. En cambio, Pedro... Pedro feliz no estaba. Su sentido en ese instante junto a Inés cabalgaba. Su amor... ese amor que le tenía, le quemaba las entrañas. Esta tarde, se casaba entre indecisas cortinas. A su lado, estaba la dama a quien, con un sí, desposaría, pero su corazón pertenecía a la humilde cortesana. Él, como caballero de valor, sentía ansias y ganas de escapar del lugar, dándole espuelas a un potro con las herraduras al revés... Escapar de Coímbra con su adorada Inés. Mas la pregunta no se hizo esperar y un sí de labios dolidos, con beneplácito, por Constanza fue recibido. Las campanas repicaron, gran algarabía hubo y las dos banderas bailaron, celebrando la concordia entre dos naciones

Dos sueños quedaron rotos entre campana y campana, soñito de dos amores que se convertían en nieve. Juan, con tristeza, mira a Inés llorar angustiada en los pasadizos de aquel viejo castillo. Vuelven los días a correr cual gacela. Constanza está embarazada. Juan no la ve feliz, pues grande pena la acompaña. Su primogénita llega entre dudas y celos y la nombran María. Es hermosa como la luna y alegra el castillo, que, por meses, ha estado muy entristecido. Constanza siente que, con el alumbramiento, la atención de Pedro ha conseguido, pero está lejos de la verdad, pues Pedro a quien sigue es a su cría y Constanza, para él, pasa desapercibida. La rapaza cumple seis meses. Constanza quiere ser amada y se empeña en cumplir como esposa, pero Pedro no la desea. Muy dentro, sabe el porqué del rechazo de su esposo y piensa en silencio, dejando asomar una lágrima: «¡Oh, maldita sea esa dama que mi marido reclama! Es su cuerpo el que él ansia, el mío no vale nada. ¿Para qué me casé? Para nada...». Llorando sus ojos, con angustia y mortal rabia, se fue a esperar a Pedro en su aposento.

Afuera, sigue la vida con singular monotonía; unos juegan a los dados, otros juegan a las tablas. Se escucha un galope cercano proveniente de la plaza: don Pedro, con sus infantes, que está llegando al castillo. Halla la mesa puesta y mucha vianda aparejada. Después de haber comido, va en busca de su reposo y se sorprende al encontrar a Constanza en su cama.

—¿Qué haces aquí, mujer? Se supone que has de esperar ser llamada.

—Amadme, mi señor —suplicó Constanza entre lágrimas—. Quiero sentirme por ti preciada. Aquí tiene mi cuerpo. No me niegue, se lo imploro, pasar la noche a su vera.

—Calledes, la mi señora, vos no digades atal, presto la he de amar.

Pasaron la noche juntos y, al levantarse el sol después de larga jornada, Pedro salió a cabalgar, dejando a Constanza nuevamente embarazada. Los meses pasaron rápidos y Constanza volvió a parir. Tuvo un chiquillo muy enfermo, al que bautizaron Luis. Constanza urdió entonces una estratagema para evitar la unión de los enamorados y designó a Inés como madrina del recién llegado, confiando en que este espiritual parentesco indujese a los amantes a no iniciar la relación. Mas el niño lloraba y lloraba, mientras su vida se iba. A los ocho días, al cielo partió, dejando a sus padres destrozados.

—Adiós, adiós, hijo mío —gritaba Constanza, sin consuelo—. Traidora muerte, que atacas encima del seco pino, pues te has llevado al que a ser heredero del trono había venido.

Ensilló Pedro su potro y, a galope, partió a refugiarse y a llorar su dolor en las riberas del Mondego. Inés, que lo vio partir, no pudo resistirse y, a galope, partió tras aquel que su corazón amaba, a pesar de ser prohibido. Dio de espuelas al caballo y al río fuera a parar. Pedro sintió el trotar de un caballo a lo lejos y muy sorprendido quedó cuando a Inés vio acercándose, por lo que se apresuró a darle alcance. Cuando esta lo vio acercarse, bajó del caballo aprisa. A los brazos de su amado, fue a dar en busca de refugio y díjole muy emocionada:

—¡Oh, mi amado! Por vos vivo, agora siento su dolor. Ciertamente, esta muerte, de gran soledad, ha venido aparejada. Mi alma me ha implorado que una mi cuerpo a su cuerpo, aunque, para muchos, en lo adelante, sea yo vulgar pagana.

Pedro, cuando esto oyera, quedó por un instante pensativo: «Si me entrego a este querer, mis cortes revolverse han, mas, si dejo de hacerlo, mi corazón me lo demandará».

Entonces, le habló a Inés con palabras muy bien marcadas:

—Avecilla de mis noches, que agora vistes mis campos de bellas flores, he vagado triste por entregarme a su amor. Eres mi virgen soberana, a ti te entrego mi alma. Démosle a Dios galardón. Hemos de vivir juntos sin importar lo que piensen, aunque mi oro y mi plata ponga yo en juego.

La tomó Pedro en sus brazos como a una pieza de seda al arrullo de los grillos. Rasgó su negra enagua, la acomodó sobre el limo a la orilla de los nardos, desmelenó su cabello y besó sus senos dormidos. Se acomodó entre sus muslos y recorrió en un instante el mejor de los caminos montado en potra virgen con brida y sin estribos. Sucios de lodo y besos, la luna los sorprendió a la orilla del Mondego. Con la brisa, se batían como espadas los fresnos y, sin huestes ni espadas, don Pedro, por el amor de su Inés, finalmente, cayó vencido.

Era noche cálida con una luna enamorada, que despertó a Lucifer con quejido lastimero, quien, como enjuto doncel, se les impondría centellándolos con sombras de muerte...

A dos leguas, en el viejo castillo, Constanza furiosa estaba, en medio de su tristeza, sentíase también airada. Ella sentía que, en brazos de su prima, estaba. Mucho ya habían tardado, mas su querer para todos era obvio. Estaba segura de que, en esta noche amarga, él en ella había encontrado refugio. Ahora, sus lágrimas espantaban la atroz noche. Un lebrel a lo lejos ladraba. Ella veía la traición cabalgar en corcel. Mientras, en el río, los amantes, con dolor, se despiden, sintiendo muy cortas las horas de la pasión que ha dislocado sus almas, pasión que ha rayado en locura.

Pasa la noche y vuelve el día con gran rapidez. Empieza Juan a escuchar los rumores que, con prisa, se levantan con no muy benigna influencia, levantando airados incendios. Constanza, cabizbaja, por los pasillos, camina con frío, con miedo, habiendo perdido el sueño de tantas noches, olvidada por su esposo, despertando sola en su lecho. Algunas lunas pasaron y, para su sorpresa, como si fuera caridad, Pedro la sorprendió viniendo a pasar la noche a su lado.

Sintió el mundo detenerse, en brazos de su amado, alcanzó a ver un nítido rayo mañanero atravesar el ventanal. Pedro le besó la frente y, sin decir nada, se fue a cazar. Constanza quedó pensativa. Se levantó de su cama y se dirigió a la ventana. Juan podía ver claramente la angustia reflejada en su rostro. Él había visto a la muerte cabalgar sin prisa por las aldeas y el castillo. Era un tiempo difícil en el que la peste vencía al más poderoso. En el hospital, que se encontraba seguido al convento en la parte trasera del castillo, a diario, se escuchaba el lloro de un alma desconsolada por la pérdida de algún ser querido. Las monjas, en su vaivén, no alcanzaban a poder ayudar lo suficiente. Los más afectados eran los niños, que, a diario, morían, dejando familias desbastadas, seguidos de jóvenes madres, que, a falta de higiene y cuidados, perecían al traer a sus hijos al mundo.

Constanza no fue la excepción, cuenta Juan que la viera morir después de haber dado a luz a Fernando, legítimo heredero del infante don Pedro y sucesor a la Corona. Juan sintió pena ante la muerte de aquella mujer, que le había parecido tan frágil e inconsistente, con su historia triste y desgraciada. Su felicidad había sido efímera, como si el otoño por siempre hubiese anidado en su corta vida. Siempre había pasado mostrando una cortesía forzada para agradar a aquellos que solo la veían como la bandera de paz entre dos naciones. La encargada de darle sucesor al trono. Sin importar que, como mujer, nunca disfrutara de la vida y sus placeres. Sabiéndose traicionada por aquel a quien ella realmente amara y obligada ante aquella penosa situación a guardar silencio. Como gran ironía, ese hombre por el que dejara su amada Castilla término enamorado de la que un día fuera su protegida.

Esa pequeña indefensa que, gracias a la educación y cuidados que recibiera en Valladolid, hoy podía caminar con confianza y seguridad entre señoras y grandes damas. En cambio, ella, Constanza... Ahora, Constanza Manuel de Villena y Barcelona yacía inerte pocos días después del nacimiento de su pequeño —murió de puerperio según escuchó Juan—.

¡Cuántas cosas Constanza no había superado desde muy pequeña!, cuando, con tan solo nueve años, su padre la desposara con el rey Alfonso XI de Castilla. Logró, en ese entonces, convencer a su progenitor de que disolviera el matrimonio, a pesar de haber sido ya ratificado por la corte de Valladolid, pero, gracias a su minoría de edad, no se había consumado en el momento en que le pidió a su padre que la liberara de él, aun cuando ella se titulara reina de Castilla. Poco antes de que su padre le cumpliera sus deseos, fue repudiada por el rey Alfonso XI, su esposo, al interesarse este por la infanta María, hija del rey de Portugal Alfonso IV, a fin de estrechar lazos con este reino. Quedando ella recluida, según Juan viera, en el castillo de Toro bajo el cuidado de su aya Teresa. Hasta que, finalmente, don Juan Manuel la complació reclamándosela al rey Alfonso XI, quien se negó enérgicamente a entregársela, por lo que don Juan Manuel se vio obligado declararle la guerra a Alfonso XI hasta que este accedió a devolvérsela a cambio de firmar la paz.

Juan la miró tiernamente, allí tendida y sin colores, y no pudo menos que pensar: «¡No somos nada!». Este vio gran movimiento en el castillo, pues se disponían a despedir a la que ya no sería reina de Portugal.

Gritando, don Pedro va vistiendo ropas de luto; llorando, descalzo está donde viese a su mujer. De tristura sin igual, su corazón se ha llenado, pues no la amaba, mas la consideraba su amiga. Pusieron el cuerpo de la infanta en dosel de blanca seda; luego, un brial vestido blanco, y la cabeza cubierta por castañas. Ataúd de marfil reposo le da a su cuerpo y, antes de que la llevaran a enterrar, besó su frente serena mientras, acongojado, decía:

—¡Constanza, Constanza mía! Cristiana que triste has vivido. Dios te dará galardón por todo el tiempo que así viviere... ¡Oh! Mi guiador padre todopoderoso, enviadle serafines para que, volando, guíen su alma tal cual ella lo merece. El bien que mi mal alcanza fui yo quien lo causó. Agora, mi vida fenece, por mi causa, ¡ella murió!

Ve Juan, atribulado, el cortejo fúnebre irse, escoltado por pajes, infantes y vasallos. Seis corceles negros van de la carroza tirando. El cielo y el sol, apesadumbrados, ahora también visten de luto, los vasallos están llorando y de laurel son sus coronas.

Inés, en silencio, ha quedado refundida en el castillo, querer siempre la quiso, no es su culpa, de Pedro, haberse enamorado. El rey Alfonso, molesto y aprovechando el infortunio, destierra a Inés, previniendo el escándalo, pero ella encuentra refugio en la frontera con Portugal, en el castillo de Alburquerque. Los días no se detienen, Pedro a su esposa le guarda luto, mientras Inés espera con ansias la llegada de su primer fruto. Pedro no pierde tiempo y busca dentro de su tormento la forma de rescatar a Inés del exilio, llevándosela a vivir al norte de Portugal.

Don Pedro se entrega en cuerpo y alma a su Inés, poniendo en vilo al rey Alfonso IV, que teme por su Corona. El mundo no se detiene y continúa su ritmo habitual. Inés se pasea sin miedo por palacio mostrando orgullosa su preñez, que, cada vez, pone más nervioso al rey. No tanto por Inés, pues, en realidad, es indefensa y frágil para el señor poderoso siempre que don Pedro no la convierta en su esposa. Pero, por los hechos, esta acción es inevitable y las consecuencias para Portugal, nefastas a los ojos del rey. Inés tiene hermanos aliados de Castilla, lo que, unido a este hijo natural que pronto llegaría, representaba un peligro inminente para la sucesión deseada por el rey si se materializaba la unión de los amantes, ya que el linaje de los Castro los convertiría en los herederos castellanos de la Corona portuguesa.

En cambio, Pedro e Inés, ajenos a todas estas preocupaciones, pues, en realidad, eran lo que menos les importaba, continuaban una vida libre y sin temores, como adolescentes que, por primera vez, se entregaban al amor.

Inés, cada día, lucía más bella y resplandeciente, una belleza cada vez más marcada con el embarazo. Sus ojos claros brillaban de felicidad y se sentía plena. Su Pedro lo era todo para ella, con su colho da garça siempre al cielo.

El día del alumbramiento pronto llegó y una hermosa niña recibieron como regalo divino; era tan hermosa como su madre y la bautizaron Beatriz. Pedro e Inés irradiaban felicidad, pero, sin querer, habían dado una nueva descendencia al trono y esto preocupó aún más al rey y a todo su séquito.

Juan estaba cada vez más enamorado de la historia que sus ojos veían. Ante su vista, se levantaban majestuosos castillos, monasterios y aldeas sin igual. Paisajes nunca imaginados por su mente. Caminaba a destiempo por un siglo que encerraba la historia de amor más hermosa que hubiese sido escuchada antes por oído humano alguno. Entendió que cada detalle era de suma importancia y, por temor a perder palabra o a que su mente, cansada por las angustias y decepciones vividas durante su tórrido romance, le jugara una mala pasada, buscó con ansias dónde escribir y, para su sorpresa, vio en la vieja biblioteca, en uno de sus espacios más oscuros y abandonados, el ala izquierda que nadie usaba por años, un rollo de papiro aparentemente olvidado por algún escribano. El ángel, que observaba a Juan, comprendió sus intenciones, se dirigió al papiro y se lo alcanzó. De casualidad, este llevaba un lapicero en uno de los bolsillos de su camisa, lo recordó y lo buscó. Tras encontrarlo, se sentó entonces a la orilla de un camino donde se erigía un frondoso árbol, que le ofreció su sombra como cobijo. Comenzó a escribir con prisa, las palabras se agolpaban y no podía perderlas, así que debía dejarlas enmarcadas con prontitud. Y así comenzó:

En el nombre de Dios y la virgen María, su santa madre, yo, Juan Armengol, a quien le pluguiere leer estas notas sepa que las pongo en un día cualquiera del siglo XIV del señor, no para alcanzar fama, lo aquí contado aconteciere, por inverosímil que se escuche, hace ya casi siete siglos. Sintiéndome yo abrumado, salí a recorrer en la noche el río con mi barca y he salido muy bien aparejado y he logrado distraer mi holganza, aquí y ahora, echado en la hierba y viendo esta historia que les continuaré narrando, tratando de no omitir detalles por ser algo sin igual y dándome a entender que mi dolor no es nada en comparación a lo vivido por estas personas en una verdadera lucha por su amor, historia que ni a rozarla con el pensamiento me hubiese atrevido. Y aquí doy fe de los sucesos que acontecieron después del nacimiento de la pequeña Beatriz.

La unión de Pedro e Inés se volvió más sólida e indestructible, a pesar de los constantes intentos del rey en separarlos. A la pareja, les fueron obsequiados por la providencia tres hijos hermosos más, a los que dieron por nombre Juan, Dionisio y el pequeño Alfonso, que, tristemente, nació enfermo y, al mes de nacido, partió con Dios. Consolidados los amantes y con tan linda descendencia, llegó lo inevitable: que Pedro quisiera convertir a Inés en su esposa, hecho que también la convertiría en futura reina de Portugal.

Los años habían transcurrido y, aunque siempre intentaron que Inés sintiera la deshonra en su piel, ella había sido irremediablemente feliz al lado de su Pedro, a pesar de su posición de concubina, pero, para su sorpresa y beneplácito, esto pronto cambiaría.

Había sido un día caluroso, no parecía del mes de abril, Inés, como la más fermosa de las doncellas, decidió salir a caminar y buscar refugio en su sitio favorito: a la orilla de la fuente del amor, que quedaba a corta distancia del castillo. Su andar era gallardo y melodioso, su talle flexible, su rostro era suave como rosa, sus ojos grandes y expresivos brillaban como la más azul de las estrellas, sus labios como grana y ese rizo dorado que caía sobre el candor de su frente no la hacían pasar desapercibida muy fácilmente. Venía acalorada, creía estar sola. Sentía que algo la había guiado hasta allí, era mágico el instinto que sintiera al querer acercarse a la fuente y claro le quedó cuando, de la penumbra, salió Pedro con esa sonrisa tan suya, esa sonrisa que la hizo amarlo desde el mismo instante en que lo viera. Ahora, estaba allí mirándola fijamente, sonriéndole, buscando sus manos, que, a pesar del tiempo transcurrido, no podía evitar que, al verlo, le sudarán como la primera vez. Le tomó sus manos con ternura, apretándolas muy sutilmente entre las de él, allí, frente a la fuente, en un plácido ambiente, con ese aire —que les brindaba su complicidad— plagado de perfumes desconocidos y el canto de un tardío pajarillo en los zarzales cercanos y floridos, el agua de la fuente les susurraba una frase aterciopelada , que cautivaba los sentidos de una Inés

31

enamorada, haciendo titilar al Lucero en su quietud. Pedro, llevado por el entorno y la belleza de su amada, se hincó de rodillas y, con voz tenue, pero firme, le habló, dejando escapar sus más recónditos sentimientos:

—Soy tu galán, mi señora, y tú eres la reina que yo esperaba. Al pie de esta fuente fría, con emoción y regocijo, le pido que me acepte usted por marido. Ante Dios y los hombres, la quiero siempre a mi lado, verla despertar en la mañana, calentando mi cama... Eres mi flor de mayo, no veo por qué la he de negar.

Inés no pudo evitar que sus ojos se humedecieran de la emoción. ¡Cuántas veces había esperado esas palabras! Siempre lo había creído un imposible y, ahora que se convertía en realidad, no podía dar crédito a lo que escuchaba. Mas, haciendo uso de la razón, a Pedro le contestó:

—Pregonadas serán las batallas. Si yo, pecadora, lo acepto, reventaremos a causa del corazón. Ya tenemos tres hijos, dos de ellos varones y maldecidos por tu padre al ver en ellos a su sucesor. Para amarnos, de un título no hemos necesitado. Hermosa quinta nos refugia, Das Lágrimas sonríe a nuestra unión. Coímbra ya nos bendijo, sigamos así sin temor...

Inés sentía miedo de la reacción del rey. Siempre temeroso de la intervención castellana en su reino, Alfonso IV de Portugal sentía que iba perdiendo el control de su corte. Su nieto Fernando, hijo de la finada Constanza, era un niño enfermizo, mientras los hijos ilegítimos de Inés crecían fuertes y saludables. Por lo que no podía evitar preocuparse por la vida de su nieto, pues la veía en peligro por el creciente poder de Castilla en las fronteras con Portugal. A pesar de estas dudas razonables, Pedro no estaba dispuesto a renunciar a convertir a Inés en su esposa legítima, por lo que, en oculta intimidad y después de muchas negativas de Inés, fue oficiada la ceremonia por el obispo de guarda y, como era de suponerse, la noticia no gustó nada al monarca luso, pues, ahora, le quedaba claro que la relación de su hijo con Inés iba más allá de una simple aventura. Pedro se había negado rotundamente y en total rebeldía a aceptar como esposa a otra mujer que no fuera Inés. La unión de la pareja recibió la bendición divina, pero no existía documento alguno que probara esta unión —hecho del cual los amantes no se percataron—.

Nueve largos años habían transcurrido desde la muerte de Constanza y, finalmente, Pedro e Inés dejaron la unión libre y convirtieron su relación en oficial, bendecidos por Dios, aunque no por los hombres, pero, ahora, eran libres para continuar viviendo sin temores su pasión desenfrenada. La vida parecía sonreírles y habían vencido tabúes que parecían insuperables. Inés se sentía segura al lado de Pedro. Solo que no podía evitar sentir un extraño miedo cuando este partía a sus tan amadas cacerías. Desde su infancia, por todos era sabido que esta era una de sus grandes aficiones, por la que Inés solía pasar largos días en solitario en la Quinta das Lágrimas, mientras Pedro se distraía en montes que solo eran asequibles a caballo o a pie en compañía de experimentados monteros, omes de bocerío y mozos de canes, que se comunicaban únicamente por el tañido de trompas metálicas, cuernos venadores y el ladrido de los canes. Así, pasaban largas horas y días esperando su presa jabalina, ballesta o azcona en mano.

Esa tarde, cuando Inés vio partir a Pedro, tuvo un mal presagio, un extraño pensamiento que, de alguna inexplicable manera, comparo, aunque pareciera absurdo, con su relación. A su mente, vino la batalla del Salado y la conquista del Estrecho cuando un ejército benimerín cruzó el estrecho de Gibraltar y puso sitio a Tarifa. Alfonso XI, el rey de Castilla, salió al encuentro de los musulmanes y los derrotó en una decisiva batalla. La línea del río Salado dividía dos creencias, dos maneras diferentes de ver la vida. Dos mundos separados por un río de no mucho caudal: por un lado, el rey de la dinastía Benimerín y, al otro lado, hacia el poniente, los ejércitos de Castilla con el rey Alfonso XI y su suegro, Alfonso IV de Portugal, apoyados por algunas milicias concejiles, como la de Sevilla y algunas más. El día que ganaron esa batalla, el sol casi no se dejaba ver y el fuerte viento de Levante no sopló. Lo que ayudó a Alfonso XI a resultar vencedor. Ahora, Inés se sentía en esa misma línea divisoria, acechada por su suegro, el rey Alfonso IV, y su peor enemigo.

Se asomó por uno de los ventanales, vio el sol caer y sintió miedo. Su temor se hizo latente cuando, sorpresivamente, vio a su suegro llegar acompañado de un pequeño ejército. Pensó rápido y, previendo lo peor, corrió en busca de sus pequeños. Salió a recibirlo, con sus pequeños rodeándola. De inmediato, supo las intenciones de este y buscó la forma de conmoverlo. Una vez que lo tuvo de frente, comenzó a llorar y a clamar por su vida:

—Compasión le pido, señor, perdóneme usted la vida. Solo soy culpable de amar a su hijo, de soñar con sus pasiones. ¿Cómo llegó a mi corazón? Lo siento, no puedo darle razones. Solo sé que él es mi razón de ser. No es Dios quien me envía esta muerte que ahora quiere darme, son su gente y sus temores. No tema usted a mis hermanos, son nobles y muy prudentes, y, si de algo estamos conscientes, es de que es Fernando a quien el trono pertenece.

Estas palabras salieron del corazón de Inés entre súplicas y lágrimas y lograron conmover al rey Alfonso, que, perdonándole la vida, ordenó la retirada. Cuando el rey ya estaba en el camino de regreso, tres de sus caballeros —llamados Álvaro Gonçálvez, Pedro Coelho y Diego López Pacheco—, visiblemente molestos con la decisión del rey, comenzaron a presionar a este haciéndole entender con intrigas y mentiras el riesgo que corría la Corona de Inés continuar con vida. Ellos estaban convencidos de que Inés sería la única causante de conflictos sin igual entre Castilla y Portugal si, prontamente, no era ejecutada. Así que suplicaron al rey que les dejara a ellos terminar aquello a lo que habían venido y el rey, presionado, accedió.

Los tres, aprisa, cabalgaron con ansias de sangre y muerte y llegaron a la quinta, donde una angustiada Inés descansaba junto a sus hijos después de haber pasado tan desagradable rato, sin ni siquiera imaginar que el peligro no se había apartado de ella. Con manos temblorosas, escribía en su viejo diario, ese que desde muy pequeña la acompañara. En él, guardaba sus secretos más íntimos, mientras tres desalmados la buscaban desesperados por todas las recámaras para asesinarla y terminar así las supuestas pretensiones de aquella poderosa casa que se hacía temer tanto en Castilla como en Portugal (los Castro).

Inés había ido al convento, que se encontraba tras la quinta, pues era uno de sus lugares favoritos. En él, encontraba paz, así que allí se dirigió con sus hijos en busca de sosiego y allí la encontraron sus verdugos, sentada en una banca escribiendo en su diario y acompañada de sus hijos. Sin darle tiempo, uno de ellos la tomó por los brazos, sosteniéndola fuertemente, mientras otro de ellos la apuñalaba una y otra vez. Inés gritaba, desesperada, luchaba con todas sus fuerzas por su vida e intentaba sostener el diario —hasta que este, finalmente, cayó al suelo, desprendiéndose una de sus hojas—. Sus hijos estaban allí, frente a ella, presenciando la más horrible de las escenas, sus mentes inocentes no podían comprender y sus gritos horrorizados, pronto, recorrieron todo el convento, mientras Inés continuaba luchando, negándose a morir. La lucha parecía eterna y, con cada grito, brotaba sangre de su garganta. Los tres asesinos hicieron uso de sus dagas y acuchillaron el cuerpo de Inés sin compasión, pero, en vista de que no moría, la tomaron por el pelo y la arrastraron por el piso, dejando un gran camino de sangre. Allí, la sometieron una vez más y le cercenaron el cuello hasta casi decapitarla. Una vez que hubieron comprobado que estaba muerta, y todos bañados de sangre, montaron sus caballos y partieron, dejando tres espantados inocentes junto al cuerpo sin vida de su madre.

Pedro ignoraba todo lo acontecido durante su ausencia, por lo que un mensajero real salió a su encuentro para comunicarle la tragedia, mientras los pequeños eran trasladados a una habitación bajo el cuidado de sus ayas y el cuerpo de Inés era trasladado y puesto en el suelo de un salón poco utilizado del convento. El área del convento donde, cruelmente, fue ultimada, decidieron dejarla tal cual había quedado después del ataque. Allí, en medio de un inmenso charco de sangre, se encontraba el diario y, a un lado de una de las bancas, la hoja que se desprendiera de este en forma accidental.

Luego de mucho cabalgar, el mensajero dio con Pedro, que venía de regreso a encontrarse con Inés y sus hijos. Sorprendido quedó al ver al mensajero, que a él se dirigía con rostro angustiado y desencajado, por lo que Pedro, presintiendo que algo malo había tenido lugar, en forma imperiosa, le preguntó:

—¿Qué te trae con tanta prisa a estos lares?

El hombre guardó silencio, pues no sabía qué decir:

—Le estoy fablando, ¿es que no escucha?

—Señor, perdone usted mi torpeza, es que no sé qué decir. Muerta está su amada. Estos ojos que agora lo miran vieron la muerte della cuando, muy sola, penaba por ti. Su cuerpo yace tendido en solitario salón, esperando su llegada. Usted sabrá qué hacer, mi señor.

Pedro no le dejó terminar y al caballo dio espuela, las lágrimas sesgaban su rostro. Llegó a la quinta, corrió al convento donde su Inés muerta estaba, abrazola con su alma y, en sus brazos, la acurrucó, pues quería darle su vida a aquella que tanto amaba. Un vasallo le indicó dónde fue asesinada, diciéndole que su sangre por todos lados estaba. Cargó a Inés en sus brazos y la colocó con ternura sobre un sofá de tresillo que estaba en la habitación. Se encaminó entonces adonde todo sucedió. Enloquecido de dolor, observó toda la sangre, nunca había visto imagen peor. Vio el diario en el suelo y, abrumado, lo recogió, apretándolo con fuerza contra su pecho. A pocos pasos, vio la hoja suelta, la tomó y, al leerla, su dolor fue mayor. En ella, Inés, con simples palabras, le confirmaba su amor. Ella, que ahora entre muertos andaba, de esta forma, de él se despedía: «Lentamente, acercó sus labios a mi blanca piel y me desvistió. Como amantes, nos olvidamos de todo: de Constanza, del rey, de los criados que caminaban silenciosos. Jamás existió músico alguno capaz de componer melodía tan dulce, tan perfecta...».

Plasmó estas líneas en lo más profundo de sus entrañas. Regresó al salón donde Inés se encontraba y, a sus pies, juró vengar su muerte sin tener compasión de nadie. Dio órdenes de que colocaran el cuerpo en un cajón y regresó con él al castillo. Loco de dolor y de rabia, se encerró en sus habitaciones por muchos días, lo que jamás el rey Alfonso imaginó era la guerra parricida que Pedro desencadenaría. Inés fue enterrada con todos los honores de una reina en la iglesia de Santa Clara. Pasados unos días, Pedro reunió a su ejército y se levantó en una de las peores batallas nunca antes vistas en Portugal. La lucha fue cruenta y las batallas, interminables. Cientos de hombres y soldados de ambos bandos morían a diario en esta guerra, dejando solo destrucción, desolación y muerte en su lucha parricida. Entre el río Duero y el río Miño, la zona quedó devastada a causa de los constantes saqueos e incendios. La reina Beatriz, ante tanta desgracia, sintió la necesidad de intervenir y de encontrar la forma de una reconciliación entre padre e hijo, era hora de terminar con tanta muerte innecesaria, pues, con la peste bubónica, ya era más que suficiente. Pero el odio en el corazón de Pedro y su sed de venganza eran superiores a él, por lo que la guerra continuó. Después de múltiples intentos, la reina madre logró la tan anhelada reconciliación. El rey Alfonso, realmente, estaba arrepentido, más aún después de haber tenido que enfrentarse en batalla a su propio hijo y habiendo recibido su odio y desprecio como respuesta a causa de la muerte de una mujer inocente a la que él, su hijo, amara más que a nada en el mundo. Poco después, el rey Alfonso murió en Lisboa y Pedro ascendió al trono de Portugal, teniendo así la verdadera oportunidad de vengar a su amada Inés.

Una vez que estuvo en el trono, su primer decreto real fue encontrar por cielo, agua o tierra a los asesinos de su amada. Ahora, tenía el poder en sus manos y muy bien sabría aprovecharlo. Una vez más, organizó su ejército y, con él al frente, partió a la captura de los tres hombres a los que más odiaba. Pedro, ahora el rey, había ganado fama de justiciero y temerario luego de la cruenta batalla que librara contra su padre. Los asesinos de Inés, una vez que supieron de la muerte del rey Alfonso, corrieron a refugiarse en Castilla. Pero la Corona de Castilla, al escuchar que el nuevo rey había organizado una partida para capturar a los asesinos de Inés, decidió evitar una guerra colaborando con la captura y la entrega de estos hombres. Pero solo pudieron capturar a Pedro Coelho y a Álvaro Gonçálvez, pues Diego López Pacheco logró escapar a la corte de Aragón y, después, a Aviñón, donde se acercó a Enrique de Trastámara, bastardo del rey Alfonso XI de Castilla, y obtuvo su protección al creer este en su inocencia.

Una vez capturados, Álvaro Gonçálvez y Pedro Coelho fueron encerrados en las más profundas mazmorras del castillo de Pedro I de Portugal y torturados por días mientras sus cuerpos resistieron. En el momento en que el dolor y la desesperación los llevaron a pedir clemencia, fueron trasladados por orden del rey a la plaza pública y allí, enfrente de todos, estando estos todavía con vida, Pedro, con sus manos, le arrancó el corazón por el pecho a Pedro Coelho, quien, en sus últimos segundos de vida, alcanzó a ver como Pedro le daba un mordisco a su corazón, que aún latía en su mano. A Álvaro Gonçálvez, que, estupefacto, observaba la suerte de Coelho, le fue arrancado el corazón por la espalda y también alcanzó a ver en su último aliento como el rey le propinaba un profundo mordisco a su latente corazón frente a la atónita mirada de todos, que los vieron llevar la peor de las muertes. No siendo esto suficiente para el monarca, ordenó colgar sus cuerpos hasta que estos se pudrieran y mostrasen su osamenta, acto que le dio el sobrenombre de «el Cruel».

Pedro, después del asesinato de Inés, había permitido que el dolor y el odio controlasen su vida. Hasta ese instante, había cumplido con una parte de la promesa hecha a Inés, pero ahora tenía que lograr que fuera reconocida por las cortes portuguesas como su legítima esposa y reina de Portugal, por lo que se dio a la ardua batalla de lograrlo y, así, poder liberar su alma. En 1360, las cortes portuguesas, finalmente, reconocieron la validez del matrimonio entre Pedro e Inés de Castro, confiriéndole el título de rainha, reina de Portugal. Una vez ganada esta otra batalla, Pedro quiso resarcir el honor de su amada y, para conseguirlo, hizo lo inimaginable.

Era una hermosa mañana en el castillo. El sol se levantaba en lo alto, jugueteando con el rocío que vestía los verdes jardines. El rey Pedro se levantó muy temprano, con una hermosa sonrisa en su rostro, sonrisa que hacía mucho que no dejaba ver. Dio órdenes de engalanar el castillo, según dijo, pronto se celebraría la ceremonia más hermosa y suntuosa que su casta recordara. Mandó llamar a los sastres reales y les pidió que confeccionasen el traje más bello y lujoso que reina alguna hubiese usado, debía ser trabajado con la más fina de las sedas, hilos de plata y oro y adornado con las piedras más finas que existieran en todo el reino. Una vez dada esta orden, mandó llamar al alfarero y le exigió forjar la corona más suntuosa que reina alguna hubiese puesto en su cabeza y lustrar todas las joyas de la corona, que debía usar una reina el día de su coronación. Debía todo estar listo a la brevedad posible. El rey así lo había decretado.

Los preparativos no se hicieron esperar. Todos estaban felices, pues algunos años habían transcurrido desde la viudez de su rey y ya era hora de que Portugal tuviera su reina. Nadie conocía a la afortunada ni habían escuchado de arreglo alguno con alguna otra casa, pero, sin duda, bodas reales estaban preparándose. Se alzaron banderas blancas por doquier, los pastores entonaban cánticos a su rey. Transcurrieron algunos días y el sastre trajo, según lo pactado, el traje más opulento que reina pudiera imaginar. El alfarero forjó la corona más ostentosa que pudiera soñarse. Entonces, el rey dio la orden tan esperada por todos de preparar un banquete sin igual. Él les daría a su reina ese día, por la noche, todos, después de la ceremonia, podrían honrarla.

En el castillo, estaban muy animados, cortesanos, vasallos, reyes, amigos de la Corona portuguesa, hidalgos, etc., todos invitados para la gran noche. Mientras Pedro, en secreto, convocó a los más fieles de sus vasallos y les pidió que lo acompañaran al convento donde descansaban los restos de su Inés. Todos sabían lo mucho que la había amado, así que era lógico y entendible que, antes de contraer nuevas nupcias, quisiera estar a solas con ella una vez más.

Cuando llegaron, exigió que exhumaran su cadáver. Los vasallos no entendían la razón e, incrédulos, no daban crédito a lo que escuchaban, mas no tenían otra opción que obedecer. El ataúd fue sacado con sumo cuidado, todo movimiento supervisado por el rey, que, una vez que estuvieron fuera, exigió que fuese trasladado al castillo y llevado a los aposentos que ocuparía la reina. Así lo hicieron, una vez que llegaron a los aposentos, el rey ordenó que abrieran el ataúd donde yacía el cuerpo en descomposición de Inés. Cuando la vio, fue tanto el dolor y la angustia que no pudo evitar caer de rodillas a su lado y, ante los desconcertados vasallos y sin el menor de los escrúpulos, besó los labios descarnados de su amada. Aquellos labios que tanto placer le habían dado. Recuperado de la impresión, ordenó que fuera vestida con el traje de gala y preparada para la coronación que se realizaría esa noche.

—Quando tus gemidos por todos fueron ignorados, porque todos a tu virtud fallaron, negándote caridad, sometidos por la maldad que abunda. Jamás pensaron que te hiciera justicia. Hoy sus voces tendrán que entonarte coplas y versos. Alabando tu nombre con dulces sonidos. Por tú ser la luz bendita que fija y dirija Portugal.

Llegó la noche con su aroma a manzanos y la fiesta se hizo sentir engalanada por los invitados de honor, que, muy temprano, se hicieron presentes. Se descorcharon los mejores vinos. Cuando la fiesta estaba en todo su esplendor, Pedro hizo llamar a la reina para ser presentada y que todos le rindieran honores. Había una gran intriga en todo el salón, todos querían ser los primeros en verla. ¿Quién sería su nueva reina?

Los vasallos entraron cargando una silla con alguien en ella, el hedor era insoportable. Espantados quedaron cuando escucharon anunciar a su nueva reina: Inés de Castro, soberana de Portugal. Estaban boquiabiertos y no podían dar crédito a lo que presenciaban. Inés había regresado más allá del sepulcro a cumplir con su reinado. Pedro la hizo sentar en el trono junto al suyo. Un velo cubría su rostro para no dejar ver las cuencas y pómulos vacíos y tuvieron que rodearla con vasijas de incienso y perfumes exóticos para poder llevar a cabo la ceremonia de coronación. El cuerpo podrido de Inés ahora reinaba. Todos los presentes tuvieron que besar su mano e hincar su rodilla ante ella, darle los honores de una reina, los que, en vida, le fueran negados. Así, pasaron los años Pedro e Inés, reinando juntos ante la estupefacta mirada de todos.

En el monasterio de Alcobaça, Pedro mandó construir una tumba de mármol blanco con una efigie coronada, también hizo erigir su propia sepultura. Tras la muerte de Pedro, ambos fueron enterrados con suntuosos funerales. Antes de morir, Pedro ordenó que los catafalcos se tocaran los pies, así, el día de la resurrección, al levantarse, a quien primero contemplaría sería a su amada Inés.

Danzan los amantes
con los pastores en tierra santa,
el cielo lisonjero resguarda sus almas.
Amor que venció a la muerte,
celebra ahora con Dios
aquella que se volvió reina
aun después de morir.
El rey jazmín le regala
a su soberana más bella.
Ella le da un beso, un clavel,
al más fiel de los caballeros.

Juan ha quedado en silencio, su tristeza ya la ha olvidado. Sonríe al ángel y le da las gracias por esta historia, que le ha emocionado. Siente sueño y se acomoda junto al árbol que lo ha cobijado. Sostiene con fuerza el papiro donde tan bella historia ha documentado. Se duerme y pierde la noción del tiempo. El ángel lo lleva en brazos. Lo deja dormido aún en Francos, junto a un pozo. Pasan las horas, Juan despierta y ve a unos aldeanos a lo lejos. Ha tenido un sueño hermoso, eso piensa, recuerda el papiro, aún lo tiene entre sus manos. Lo pone sobre la hierba, lo desenrolla, ahí está la historia escrita. Es su letra, la reconoce. Entonces, ¿no ha sido un sueño?

Se incorpora. ¿Dónde ha quedado su barca? Es el Miño, está seguro. Grita, los aldeanos miran, mas huyen despavoridos. Se voltea y mira. Ahora, comprende: Pozo da Troita está a sus espaldas y los aldeanos no quieren ser convertidos en puercos flacos para ser ingeridos por la trucha.

Acerca de la autora

Aly Valdez, nació en la capital de la mayor de las Islas Antillanas. Desde muy joven, su inclinación por la literatura, la lleva a destacarse como una excelente escritora, recibiendo importantes reconocimientos por su trabajo.

Cuando finaliza sus estudios universitarios, decide retomar las letras y se traslada a Oklawaha, en el centro del estado de la Florida, Estados Unidos, donde se dedica por completo a la labor de escribir.

Con publicaciones como la novela histórica "El Mástil y la Tormenta" y otra que habla sobre la vida en las prisiones femeninas de ése país, pasando por cuentos, ensayos y poesía, abre ahora una nueva etapa en su carrera para adentrarse en el mundo de la literatura infantil y en especial el autismo.

Editoriales 11, se complace en poder compartir con sus lectores, ésta nueva entrega de nuestra escritora.